D1755940

Gute Geschichten bessern die Welt.

Luna Winkler

Auserwählter Außenseiter

story.one – Life is a story

1. Auflage 2022
© Luna Winkler

Herstellung, Gestaltung und Konzeption:
Verlag story.one publishing - www.story.one
Eine Marke der Storylution GmbH

Alle Rechte vorbehalten, insbesondere das des öffentlichen Vortrags, der Übertragung durch Rundfunk und Fernsehen sowie Übersetzung, auch einzelner Teile. Kein Teil des Werkes darf in irgendeiner Form (durch Fotografie, Mikrofilm oder andere Verfahren) ohne schriftliche Genehmigung des Copyright-Inhabers reproduziert oder unter Verwendung elektronischer Systeme verarbeitet, vervielfältigt oder verbreitet werden. Sämtliche Angaben in diesem Werk erfolgen trotz sorgfältiger Bearbeitung ohne Gewähr. Eine Haftung der Autoren bzw. Herausgeber und des Verlages ist ausgeschlossen.

Gesetzt aus Crimson Text und Lato.
© Fotos: Cover: unsplash; Inhalt: eigene Illustrationen

Printed in the European Union.

ISBN: 978-3-7108-0638-4

An dich, lieber Fremder. Jeder ist anders.
Auch du. Und dadurch besonders.

INHALT

Mama, warum bin ich anders?	9
Vollmondkind	13
Irgendwas mit L	17
Komisch, dieses Mädel...	21
Toxine	25
Chamäleon	29
Regenschirmisolation	33
Blaulicht	37
Das Mädchen in Gang 3	41
Zwillinge	45
Hannes	49
Scherbenfinder	53
Irrealis	57
Passivraucherin	61
Ida	65
Methyphobie	69
Prolog am Ende	73

Mama, warum bin ich anders?

Wie meinst du das? Du bist doch ganz normal, mein Schatz. Ein gewöhnliches Mädchen, hm? Wieso nicht? Hör auf diesen Satz zu sagen! Du bist so wie alle anderen. Du bist hübsch und du bist klug – wie, du meinst das gar nicht? Was meinst du denn dann? Du bist gut, wie du bist – du bist nicht anders. Zufrieden?

Papa, warum bin ich anders? – Anders? Inwiefern? Du bist schlecht in Mathe: genauso wie ich und wie so viele andere. Daher – anders? Du? Das bildest du dir bestimmt nur ein.

Freunde, warum bin ich anders? – Was redest du? Denk nicht so viel nach. Sag mal, kapierst du die Mathehausi? Ich check da rein gar nichts…

Frau Lehrerin, warum bin ich anders? – Warum solltest du? Du bist meine Schülerin, du bist eine unter vielen. Du gehst unter im Strom der Masse, du stichst kaum heraus. Würde ich nach dir suchen, ich würde dich sicherlich nur schwer finden. Selbst im Alphabet steht dein Name ganz unten. Sei nicht so selbstsicher. Du bist nicht anders.

Oma, warum bin ich anders? – Was? Ach Kind, red doch nicht so ein dummes Zeug. Du bist gut, so wie du bist – du bist nicht anders. Du hast schöne lange Haare, du – was? Ach, hör auf dich zu widerholen. Denk nicht an so was, gib mir lieber das Rätselheft da vom Tisch.

Herr Busfahrer, warum bin ich anders? – Dich gibts. Andere gibts. Viele gibts. Wer glaubst du, wer du bist? Du bist eine unter vielen. Ich sehe dich jeden Tag. Du bist gewöhnlich. Du bist nicht anders als die Mädchen in deinem Alter – schau mal in den Spiegel.

Mama, warum bin ich anders? – Das schon wieder! Du bist nicht anders, und wenn es so wäre, wüsste ich nicht warum. Geh und frag deine Bücher, die du da immerzu liest. Vielleicht geben sie dir die nötige Erleuchtung.

Bücher, warum bin ich anders? – Wir werden oft gelesen. Deine Augen gleichen jedem zweiten unserer Leser. Sie sind nicht anders. Du bist nicht anders. Und nun komm' zum Ende.

Liebes Tagebuch, warum bin ich anders? – Ich bin deine letzte Instanz, wenn niemand dir eine Antwort gibt, was? Deine Handschrift, sie ist recht simpel. Leicht nachzuahmen. Sie ist nicht anders als all die anderen. Dass sie es wäre, bildest du dir nur ein – sei nicht so egoistisch.

Gott, warum bin ich anders? – Weiß Gott warum, ach ja. Ich schuf alle Menschen gleich. Du hast zwei Arme, du hast zwei Beine – du bist nicht anders. Schau mal in den Spiegel, mein Kind.

Schatz? Warum bin ich so ... anders? – Du bist anders, das stimmt. Warum? Hm. Hast du schon mal daran gedacht, dass du nur deswegen anders bist, weil die anderen anders als du sind? Dein Äußeres mutet normal an. Du scheinst nichts auffälliges an dir zu haben, rein objektiv betrachtet. Aber, wer weiß schon, warum du dich fühlst, als wärst du anders? Vielleicht stehst du im Inneren außerhalb der Menge, um, naja. Gesehen zu werden. Vielleicht standest du da, damit ich dich leichter finde. In diesem Wust an denen, die wie du aussehen, aber nicht du sind. Allein deswegen bist du für mich nicht anders, sondern besonders.

Kälte
Luft
Tortur
Auszeit
Familie
Wärme
Gefühls-cocktail

Vollmondkind

Es war bitterkalt. Draußen wütete der Winter, ließ Flocken vom dunklen Himmel rieseln, Straßen im Schnee versinken und überhaupt war auf diesen wenig los. In den frühen Morgenstunden ist er aufgestanden, hat sich fertig gemacht, den Körper unter einer heißen Dusche auf die vorherrschende Kälte vorbereitet, die vor seinem Wohnblock begann und ihn bis zum Krankenhaus auf Schritt und Tritt begleiten würde.

Als seine Lungen schon zig mal die starre Luft in sich aufgenommen haben, und er bei jedem Einatmen gedacht hatte, er würde ersticken, weil sie gar so tief in seinen vermummten Leib eingedrungen war, bis es stach und er in weißen Wolken ausatmete, die um seinen Mund schwirrten wie Zigarettenrauch, da sah er sie. Die Krankenhausfassade, sein Arbeitsplatz, sein zweites Zuhause, im Grunde sein erstes, denn die kleine Wohnung war nur sein Schlafplatz, seine Höhle, in die er sich nach einem langen, kräftezehrenden Arbeitstag verkroch, um wenigstens ein paar Stunden Schlaf zu finden, der nicht von Kindsgeschrei und den den schrillen Tonlagen der werdenden Mütter unterbrochen wurde.

Er liebte seinen Job, aber selbst von dem brauchte er ab und an eine Auszeit. Er liebte seine Arbeit, obwohl sie ihm oft alles abverlangte. Er liebte das, was er tat. Er ließ zwei Menschen zu einer Familie werden. Er tat das, was ihm privat nicht vergönnt war.

So also auch an diesem Tag, als er seine Schicht antrat und über die junge Frau informiert wurde, die schon seit den späten Abendstunden Wehen durchleidend da lag und mittlerweile schon völlig erschöpft war. Den genauso jungen Vater hätten sie schon kurz nach ihrem Eintreffen heimgeschickt, es war absehbar, dass die Tortour die ganze Nacht in Beschlag nehmen würde und ihr erst am Morgen ein Ende bereitet werden könnte.

Sprich durch seine Hände und so befand er sich wenige Stunden später im Kreissaal, hieb mit den Ellbogen auf den Bauch der Noch-Schwangeren ein, denn das Kind hatte sich mit der Schulter verhakt und so musste die Initiative ergriffen werden. Als das Babygeschrei seine Ohren durchflutete, überkam ihn ein euphorisches Glücksgefühl, das er so liebte, vermischt mit dem bitteren Gefühlscocktail, den er so hasste. Doch jegliche Emotionen vergaß er, als er dem Vater das Kind in die Arme legte, dem die Freude und Ungläubigkeit ins Gesicht gemeißelt war, und da stellte sich bei ihm eine Wärme ein, die sich wohl einzig mit Genugtuung beschreiben ließ.

Er hatte es wieder einmal getan. Zwei Menschen durch ein so hilfloses Wesen für immer vereint. Lächelnd betrachtete er die kleine Familie, als er seine blutverschmierten Handschuhe auszog und sie in den Mülleimer beförderte. Als er aufsah, hatte er ihr schönes Gesicht vor sich. Zufrieden. Müde. Und wunderschön.

"Ich habe in meiner gesamten Laufbahn noch nie ein Kind mit solchen Haaren auf die Welt gebracht. Das sind ja gute 5 Zentimeter." Er grinste.

Aus den schwarzen Haaren wurde bald ein helles Blond, bis hin zu meinem heutigen Dunkelblond.

Irgendwas mit L

Sie starrt ihr Gegenüber an. Dieses lächelt nur schäbig und verschränkt die Arme demonstrierend vor der Brust, um die sich eine geblümte Bluse schält. Sie ist kleiner als sie und doch ist sie ihr in diesem Moment überlegen. Es ist das Mädchen mit dem Kleid, das sie zuerst bestürzt ansieht, um dann den Blick beschämt gen Boden zu richten, gewillt ist, in diesem zu versinken.

Ihr Augenpaar wagt es nicht durch die Menge zu gleiten, zu groß das Risiko, ein anderes Kind würde einen ähnlich abfälligen Kommentar verlauten lassen und sie noch mehr demütigen als eh schon geschehen. Zu groß die Angst, sie würden lachen. Doch die Horde an Kindern schweigt, alle Altersklassen sind vertreten, man kennt sich nicht, es ist eine große deutsch-türkische Hochzeit. Man spielt nur miteinander. Und obwohl es so viele Kinder sind, hat sie es geschafft aufzufallen.

Diesem Mädchen mit der Bluse aufzufallen, sodass sie ihre Gedanken laut aussprach. Nun, wenige Momente danach herrscht schweigende

Stille. Niemand sagt etwas, und das obwohl viele es gerne täten. Ihm eingeschlossen. Er steht in einiger Entfernung, beobachtet die beiden. Hat Mitleid mit dem Mädchen in dem Kleid, das nun ihre kleine Schwester an der Hand nimmt und den Schaulustigen den Rücken zudreht. In ihren Augen glänzen die Tränen.

Er hat sich nicht getraut, etwas zu sagen. War es doch seine Cousine gewesen, die dem Mädchen in dem Kleid und das definitiv älter als sie beide war, gesagt hat, wie hässlich sie doch aussehe. Hässlich. Ja, das hat sie ihr gesagt. Er kennt ihren Namen nicht. Irgendwas mit L glaubt er, war es.

Doch jetzt ist es schon vorbei, die meisten Kinder machen da weiter, wo sie aufgehört haben, spielen und lachen, als wäre nichts gewesen. War es ja auch nicht. Nur ein dummer Satz. Nur leider war er unüberhörbar gewesen. Und noch schlimmer: sie hat es ernst gemeint.

Wie ihr Gesicht erbleichte, als die Worte ihren Weg über ihre Lippen fanden. Wie ihr der Mund offen stehen blieb, sie sich fing und doch keinen vollständigen Satz hervorbrachte. Nur ein leises Stottern, das bald unterging in den lachenden Riegen der anderen. Es lachten nicht viele. Aber es reichte aus, um sich abgrundtief zu schämen. Und sie die Sprache vergaß, das einzige Mittel zu kontern.

Aber was sagt man schon auf so etwas?

Er bückt sich und hebt einen Stein auf, wiegt ihn einige Zeit in der Hand. Was sie jetzt wohl tat, dieses Mädchen? Traurig hatte es gewirkt. Nicht nur das, geradezu zerrissen. Zerfetzt von diesen fünf Wörtern.

Boa, du bist voll hässlich.

Das tat sicher weh. Das war keine laute Überlegung. Das war eine Feststellung. Ihm ist das gar nicht aufgefallen. Diese "Flecken", dieses "Hässliche", was seine Cousine bemängelte. Dass es Pickel und Mitesser waren, wird er erst Jahre später begreifen.

An diesem Tag aber hatte er sie nicht mehr zu Gesicht bekommen. Vielleicht auch besser so. Sie hätte sich nur noch mehr geschämt. Oder geweint. Obwohl er sich sicher war, dass sie es eh tat. Dieses Mädchen. Irgendwas mit L.

WÜTEND nackt RUCKARTIG gurgelnd unglück...

bloßgestellt   sch...
                                                                DIREKT
höchstungewöhnlich   traurig

ACHTLOS

Komisch, dieses Mädel...

Langsam kroch der Wagen voran, der weiße Wagen mit den Rostflecken. Sie sah sie zwar nicht deutlich, doch er hatte Kinder an Bord. Genauso wie all das andere sinnlose Gerümpel, das sie mit anschleppten. Allein heute war er schon zweimal die Sackgasse entlanggerattert, die im nichts endende Twiete, gerade so schmal wie ein Auto breit.

Die weitreichenden Äste der in ihrer Mitte thronenden Eiche warfen lange Schatten auf das Autodach, das nun die Einfahrt des Nachbarhauses passierte, und wenig später tönte ein lautes Quietschen und gellende Kinderschreie an ihre alten Ohren. Schon viel gehört hatte sie, und noch mehr gesehen, so viel, dass sie nun das Fenster schloss, aus dem eben noch der dichte Qualm ihrer Zigarette gen Himmel gestiegen war. Nun war es zu und sie sah nicht mehr das, was sie traurig machte.

Die Stimmen der Kinder verebbten jedoch nicht und so vernahm sie sie immer noch, zwar nicht sonderlich klar, aber dennoch waren es eindeutig Kinderworte, die der Wind gurgelnd in ihre Stube des viel zu großen Hauses trug. Unruhig glitten ihre faltig gewordenen Finger über die Tischkante, da erinnerte sie sich, dass sie ihren Sohn doch herbestellen wollte. Der Lack war schon fast völlig unten und wenn sie nun darüber strich, blätterte der letzte Rest auch noch ab und ließ das Holz darunter nackt und bloßgestellt erscheinen.

Sie seufzte und hustete einige Male, ehe sie zum Taschentuch griff. Das Blut war dunkler als sonst. Sie legte es achtlos beiseite, und hätte sie die Kraft dazu gehabt, so hätte sie es direkt von ihrem Stuhl aus mit einem eleganten Wurf in den Mülleimer katapultiert. Doch so jung wie die grölenden Kinder war sie nicht mehr und obgleich sie das wusste, machte sie es wütend.

Es war schon Abend, als sie ein weiteres Mal zum Fenster trat, es öffnete und dem Rauch erneut seinen Zug hinfort gewährte. Relativ schnell wurde sie ihr gewahr, wie sie über den Hof des angrenzenden Grundstücks schlenderte und ihren blauäugigen Blick zum Himmel schweifen ließ. Auf die Entfernung war kaum zu erahnen, wie alt das Mädchen wohl sein mochte, aber doch gelang ihr eine Schätzung, denn obwohl sie selten etwas sehen wollte von der Welt da draußen, konnte sie es noch.

Zwölf musste sie sein, unwahrscheinlich dass sie älter war, denn das kindliche lag noch deutlich in ihrem Gang. Doch die Art wie sie dreinblickte, erschien ihr höchstunggewöhnlich. So nachdenklich. Beinahe nostalgisch. Fast so, als wäre sie traurig.

Sie wandte sich ab. Ruckartig, so ruckartig, dass es ihr ins Kreuz stach. Komisch, dieses Mädel. Kam sicher nach ihrem Vater. Der war auch so ein Lausbub gewesen. Aber irgendwas sagte ihr, dass das kein jugendlicher Leichtsinn war, der in ihren Zügen seinen Ausdruck fand.

Sie hatte sie öfter beobachtet, wenn sie von der Schule kam. Je weiter die Jahre ins Land schritten, umso mehr verdüsterte sich ihr Blick dabei. Und umso mehr ähnelte er dem, den sie gesehen hatte, als sie den ersten Tag in dem neuen Heim verbringen musste.

Unglücklich.

Toxine

Als sie nachhause kam, war er schon da. Sie zog die High Heels aus, schleuderte sie in die letzte Ecke der Wohnung und striff das hautenge Kleid von sich. Schmieß sich in einen verwaschenen Oversize-Hoodie. Band die wallende Mähne zu einem schlampigen Dutt zusammen. Erschrak, als seine Silhouette im Türrahmen auftauchte.

Er sah sie nicht an. Musterte nur die achtlos auf den Boden geworfene Kleidung. Beäugte ihren Körper, versteckt unter dem weiten Pullover. Der gleiche Körper, der zuvor noch in einem knappen, kaum über die Hüfte reichenden Fetzen steckte, sodass bei jeder Bewegung die Wahrscheinlichkeit hoch war, er würde nach oben rutschen. Sie und ihre Verwundbarkeit entblößen. Ihre Narben sichtbar werden lassen.

Es war ein gewagtes Spiel, das sie trieb, nicht nur allein durch dieses Risiko. Noch mehr davon nahm sie auf sich, wenn sie ausging, sich schön und dadurch unkenntlich machte. Unerkennbar für all jene, die von ihrer Frucht kosten wollten.

Ihr Name verriet ihre Absicht. Sie, die Hoffnung.

Und sie, die den anderen ein Teil ihrer Körpers gab, sie sich ihr hingaben, sie passieren ließen in ihr Denken und in ihr Sein. Sie sie von ihnen heraus vergiftete, zuerst froh gesinnt, dann einen Rachefeldzug ausübend. Ihre Opfer wurden müde von ihr, von ihrer hippeligen Art mit der optimistischen Ader, doch obwohl sie sie hassten, brauchten sie sie. Sie, die Menschen, waren süchtig nach ihr.

Er dagegen liebte sie. Aufrichtig, mit allem, was er zu geben hatte. Er wollte ihr das bieten, was sie bei anderen suchte, er wollte das sein, was er nicht war. Er wollte sanft sein. Zärtlich. Doch der Mut war nicht sanft, er war nicht zärtlich. Er war impulsiv und energisch und obwohl sie ihn brauchte, verließ sie ihn ständig. Ging aus, wenn er es einmal nicht tat, traf sich mit unzähligen Menschen und gab ihnen das, was sie wollten.

Einen Freund. Einen Zuhörer.

Er war ein Einzelgänger. Die wenigsten kannten ihn. Die wenigsten verließen sich auf ihn. Und als sie ihm mit gesengtem Kopf gegenüberstand und sich über die schmerzenden Arme fuhr, sie selbst unsichtbar und doch wusste er, dass sie übersät waren von Narben und Kratzern und offenen Wunden. Allen gab sie die Hoffnung, sodass für sie nichts mehr davon übrig blieb. Er stellte die Flasche neben sich auf den Boden. Er trank sich den Mut an, den niemand wollte, und daher hatte er viel zu viel in petto.

Ihre Umarmung war nicht sonderlich lang. Nicht sonderlich innig. Sie liebten sich. Doch als sie sich auseinander fuhren, ein beinahe animalisches Funkeln in ihre Augen trat und ihre brüchigen Stimmen zu Orkanen an Wörtersalven erhoben, da wurde ihnen klar, wie sehr sie sich doch verabscheuten.

Ihre Hassliebe, sie hatte sie am Leben gehalten. Nun mussten sie mit blutunterlaufenen Augen einsehen, dass selbst die vergänglich war. Sie schrien. Sie schmetterten sich an die Wand. Abwechselnd. Sie drückten sich gen Boden. Sie weinten.

Und sie lag im Bett und sah den beiden Abtrünnigen hinter ihrer Stirn zu.

Maaaier Humor Camouflage

EINZELGÄNGER

POSITION

Chamäleon

Gelangweilt schlürft sie die Treppe hinauf. Was für ein scheiß Tag. Als sie sich selbst und ihren Rucksack hinter einen der langen, weißen Tische fallen lässt, ist sie schon da. Studiert ihren Ordner. Ihr eigener ist gerade eben lautstark polternd umgefallen. Ach, was soll's, ist eh nur Chaos zwischen den zwei Pappdeckeln. Schwerfällig breitet sie ihre Arme auf der leeren Platte vor sich aus, lässt ihren Kopf nach vorne kippen und massiert ihren von Verspannungen schmerzenden Nacken. Ist bestimmt die viele Verantwortung, die ihrem Rücken auferlegt wurde, eine Last, die er nicht allein tragen will und er am Genick auslässt. Idiot.

Musik dringt aus ihren Kopfhörern, die ihre Ohrmuscheln beinahe komplett umrahmen und während sie abwechselnd sich selbstbemitleidet und gähnt, beobachtet sie sie. Wie sie da sitzt und lernt. Da sie aber immer in der gleichen Position verharrt, ist dieses Sichtfeld ziemlich eintönig und wird schnell langweilig. Sie schließt die Augen und erschrickt, als man ihr die Kopfhörer runterzieht.

Die anderen gesellen sich zu den beiden und schon bald ist ein Gespräch im Gange. Es geht immer um dieselben Themen beim Essen, die Mittagspause wird weitgehend damit verbracht, über Lehrer zu lästern und da es über die einiges zu sagen gibt, geht zumindest der Stoff nicht aus. Sie sitzt da, isst schweigend. Hört zu. Scheint zu beobachten.

Eine Manier, die sie schon seit Jahren verfolgt. Sie ist still, hat aber viel zu sagen. Sie hat Humor und sie ist sarkastisch, aber sie gibt nur dann davon Kostproben, wenn sie dazugehören will. Heute nicht. Heute lässt sie die anderen reden. Über die neue Frisur, über den Arsch von Lehrer, der auf den ihren gafft. Heute ist ein Tag wie jeder andere. Und sie ist eine wie jede andere. Und doch irgendwie anders.

Mal sitzt sie abseits und lauscht den anderen, scheint sie genau zu beobachten, blickt peinlich berührt weg, wenn man ihren musternden Blick streift. Mal ist sie Mittelpunkt des Geschehens und wann anders lümmelt sie genauso ausgelaugt wie sie eben auf ihrem Stuhl und mimt eine normale Siebzehnjährige. Aber irgendwie, irgendwie passt das alles nicht recht zusammen. Wer ist sie?

Sie kommt ihr wie ein Chamäleon vor. Anpassend. Ihre Farbe wechselnd. Mal schreit sie einem in schrillen Farben ihre Meinung entgegen, wann anders ist ihre Tarnung noch besser als Camoflage. Sie scheint ihren Platz nicht recht zu kennen.

Sie gehört keiner Clique an. Sie hat Freunde, aber mehr so nebenbei. Sie ist kein direkter Außenseiter, aber hat was von einem Einzelgänger. Sie kennt ihre Feinde und macht sie sich zu Freunden, durch dieses höfliche Lächeln, meistens zumindest.

Eine Zeit lang schien sie tieftraurig. Aß mit Augen, die unter Wasser standen. Dachte, es bemerkte keiner. Versteckte sich hinter der Maske. Jetzt ist sie einfach da.

Wer ist sie schon? Eine der vielen, denen in jeder Stunde etwas anderes vorgepredigt wird. Eine, die trotzdem alles von dem etwas lernt. Begutachtet. Wie sie sie.

Regenschirmisolation

Das Küchenzelt ist vollgestopft mit Kindern. Trampelnde Füße finden neben den eisernen Tischbeinen kaum Ruhe, die Körper auf den Bierbänken kaum Platz. Eine ungeheure Lautstärke herrscht unter dem Gestänge, Stimmen reden hektisch durcheinander, voller Erwartung, was die Woche Zeltlager wohl mit sich bringen wird. Er lümmelt ein wenig abseits in einer Ecke des Zeltes stehend, lässt seinen Blick durch das Getümmel schweifen, beobachtet und kommt sich allein vor. Sein Freund stößt ihm eins in die Rippen, da schau mal, "da Justin is' auch da". Schön, wenn er sich herbequemt hat, raus aus seiner Zockergruft, denkt er mürrisch und ist selbst überrascht von seiner schlechten Laune. Die anderen, sie lachen ausgelassen. Er steht da und sieht den anderen bei dem zu, was er nicht kann.

Er hätte ihm einfach gehorchen sollen. Dann wäre er jetzt nicht hier und sein Arm wäre auch noch okay. Er schielt auf den blauen Gips, an dem sich Unterschriften entlangziehen. Wer hätte gedacht, dass er das Andenken seines skrupellosen Stiefvaters als Sammelkarte für Autogramme nutzen würde? Er wird ausflippen, wenn er damit heimkommt, sieht, was sein "Sohn" mit dem Resultat seines " kleinen Stoßes" die Treppe hinab angestellt hat. Er fasst sich an den Hinterkopf. Er schmerzt immernoch von dem harten Aufkommen auf dem Zwischenpodest der Treppe. Idiotischer Bastard.

Eine Stimme erhebt sich über die anderen, der Chor der anderen wird leiser, bis er gänzlich verstummt und angestrengt den Worten lauscht, die durch den großen, weißen Pavillon schwallen. Er hört ihr weder zu, noch misst er den gesagten Worten irgendeine Bedeutung bei. Er will nicht hier sein. Daher haben ihn die Regeln auch nicht zu interessieren. Wenn er Glück hat, verstößt er gegen eine und wird nachhause deportiert. Und von da aus direkt in die Hölle. Mmh.

Er beäugt seine Kameraden links von ihm. Hören alle zu. Mit offenen Mündern, wachen Augen. Seine sind von der schlaflosen Nacht unter Tränen immernoch verquollen. Wie sie alle artig dasitzen, lauschen und keinen Mucks tun. Er durchforstet die Menge. Niemand sonst außer ihm scheint ebenfalls gelangweilt von dem Vortrag. Alle hören zu. Alle sehen zu. Außer die zwei da vorne.

Bestimmt zwei der Betreuer, denkt er. Kennen die Vorsätze in und auswendig. Ein Junge, ein Mädchen. Ungefähr im gleichen Alter. Er vielleicht ein wenig älter. Er ist schon gewillt, seine Jagd nach Gleichgesinnten fortsetzen, als er seinen Blick bemerkt. Neugierig. Beobachtend. Er kennt sie nicht. Sie, die ihm schräg gegenübersitzt und ihm genauso prüfende Blicke zu wirft. Sie scheint nachdenklich. Ist viel älter als die anderen Kinder. Und obwohl sie mit dem Rücken zu ihm sitzt, erscheint sie ihm an dem Typen interessiert. Er verdreht die Augen. Wieder zwei so Glückliche.

Als er zwei Tage später die beiden lachend unter einem Regenschirm nebeneinanderher laufen sieht, lächelt er traurig. Da haben sich zwei gefunden.

Sein Arm, er schmerzt. Genauso wie sein Herz.

_!: KONZENTRATION
schwach · JURISTOCH · AUT
BERATEN · SOS · SCHUSS · BESTELLT · GESPRÄCHS
RASSE · EINSATZ · ADRENALIN · Funk · ACHS
Silouhette STURM · BLAULICHT · gepflasterter KOLLEGEN?
UNGEWISSHEIT · lässt · INNENHOF
unkorrekt · au · kopf-dunkel
Totei so · GEDANKEN
einer MASSIVER

Blaulicht

Blaulicht flutet durch den gepflasterten Innenhof. Es ist dunkel. Es ist spätabends. Es ist ruhig, als er die Autotür öffnet, um den Polizeiwagen herumschleicht. Der zweite sticht gerade ratternd um die Ecke und kommt dicht hinter dem ersten zu stehen. Es ist dunkel. Es ist kalt. Und in seinem Kopf fahren die Gedanken munter Achterbahn.

Wie vor jedem Einsatz. Wie jedesmal, wenn sie beordert werden, nach dem rechtem zu sehen. Wie jedesmal, wenn die Ungewissheit neben dem Adrenalin kickt und sie beide parallel nebeneinander herlaufen. Bis der Ungewissheit die Puste ausgeht. Er geht voran. Seine Kollegen folgen. Er rückt die schussfeste Weste zurecht. Denk nicht an sie, nicht jetzt. Er kann sich nicht erlauben, jetzt unkonzentriert zu sein.

Das zerschlagene Glas der Tür zeugt von einem ähnlich desaströsen Abend. Sie klingeln. Hören Schritte. Hundegejaul. Er verschränkt die Hände vor dem Gürtel und die Tür geht auf. Licht umhüllt die Silhouette des Mannes im

Türstock. Er wankt. Er lallt. Und er bittet die Herrschaften einzutreten.

Gerade so schaffen die Beamten es, dem Hund auszuweichen, der übermütig auf sie zu stürmt. Ein riesen Köter. Beinahe so groß wie eine deutsche Dogge. Massiver. Wilder. Er und seine Kollegin schleusen sich an dem Gewimmel an Kameraden und dem Besitzer samt Hund vorbei – in dem Bericht, den nach diesem Abend niemand mehr lesen wird, wird er das Attribut "agressiv" erhalten. Sie hat auch so einen. Er kennt die Rasse. Aggressiv ist was anderes. Konzentrier dich!

Der Raum, den sie betreten, ist schwach beleuchtet. Kerzen. Dämmrige Lampen mit warmen Licht. Eine Frau steht neben der Küchenleiste, die Arme verschränkt. Heißt die Schirmmützenträger willkommen, die gar keine tragen. Er schließt die Tür. Hört die ersten Worte des "Gesprächs" mit dem Ehemann. Wendet sich um und erschrickt. Sie hat er gar nicht bemerkt.

Genauso wie ihre Mutter steht sie da, am längst erloschenen Holzofen gelehnt. Reibt sich mit den Händen über die Arme. Verlegen. Beschämt. Ängstlich. Die Beamtin hat eben eine

Unterhaltung begonnen. Er hört den gewechselten Worten kaum zu. Sieht immer wieder zu ihr. Wie sie da steht, leichenbleich, in Jogginghosen, wie frisch aus dem Bett. Er bezweifelt, dass sie schon Schlaf gefunden hat.

Er versucht ihr Alter zu schätzen. Sechzehn vielleicht. Die Art, wie sie ihn mustert, lässt ihm einen Schauer über den Rücken jagen. Fast so, als wäre sie froh, dass sie da wären. Und doch ist sie beispiellos indigniert. So wie sie ihn anblickt, möchte man meinen, sie wolle ihm um den Hals fallen. Er würde sie gern umarmen. Ihr sagen, dass alles gut werde. Weil es sonst keiner tat.

Als sie das Haus verlassen, ist es hinter seinen Wänden verdächtig ruhig. Die Sachlage klar: Typisches Ehedrama eben. Er schüttelt unbemerkt den Kopf. Für eine einmalige Sache war ihr Blick viel zu aufgeklärt. Er sagt es keinem. Da es keinen interessiert.

Er denkt an sie. Als sie wegfahren, denkt er endlich an sie. Sie mussten sich ausreden.

Das Mädchen in Gang 3

10:00 Uhr morgens. Donnerstagmorgen. Ihre Augen tränen. Die Mascara beginnt ihre Bahnen zu laufen. Sie atmet tief aus. Blickt zu dem schäbigen Spiegel empor, der die winzige Kammer der Personaltoilette ziert und mit seinem glanzlosen Schlieren, sich quer über seine schmierige Oberfläche ziehend, die einzig weibliche Kassiererin dieses versüfften Ladens in seinen Bahn zerrt. Diese sieht ein letztes Mal in sein Gesicht, ehe sie sich vom kantigen Waschbecken abstößt, die Tränen beiseite wischt und ihr Schild zurechtrückt. Ist doch alles sinnlos. Die ganze Scheiße ist absolut hirnrissig.

Soll er ruhig mit dieser Schnepfe an glatthaariger Blondine sein Leben fristen, sie wird das ihre in vollen Zügen genießen. Ihr Herz sticht. Es weiß, dass die Rollen andersrum verteilt sein werden. Sie wird leiden. Und DAS in vollen Zügen. Sie wird sich nachts in den Schlaf heulen, während er seine Affäre vögelt. Und das sicher um einiges besser, als sie es jemals zustande gebracht hatte.

Sie, die ihn doch immer so vergöttert hatte. Ihn aufrichtig geliebt hatte. Sie hat ihm Briefe und Gedichte und Lieder geschrieben – die Antwort war stets eine knappe Whatsapp an gekünstelt romantischen Herz-Emojis. Ein "Ich liebe dich" ohne Bedeutung. Während sie ihn mehrmals am Tag wissen ließ, wie sehr sie ihn brauchte. Dass er der einzige für sie ist. Er sah die Sache wohl anders. Für ihn war sie eine. Nicht die eine.

Dass die Latte an Mitarbeiter um die Ecke biegt, just in dem Moment, als sie das Damenklo verlässt, ist klar. Zu ihm aufsehend lässt sie das übliche "Wo warst du denn schon wieder?"-Spektakel über sich ergehen. Nickt teilnahmslos und beäugt die eintrudelnden Kunden. Ein Rentner. Ihn kennt sie, er ist oft hier. Kauft immer dasselbe ein. Einen Apfel, eine Packung Fertigkaisserschmarrn und eine Dose Bier. Manchmal Vodka. Aber nur an kalten Tagen. Und dahinter, eine Mutter. Ein Kind im Einkaufswagen. Die anderen drei brav nebenher dackelnd.

Endlich zieht der 2-Meter-Hüne ab und lässt sie in Frieden. Vorübergehend. Erschöpft lässt sie sich hinter die Kasse fallen und zieht die Einkäufe des Seniors über's Band. Vodka. Sie sieht hinaus. Es ist wirklich arschkalt draußen. Kindernörgelei einen Gang hinter der Kasse. Gang 3. Die Mutter und ihre vier Töchter. Sie hat sie hier noch nie einkaufen sehen. Und sie scheinen sich auch nicht recht auszukennen. Die Älteste sieht müde aus. Gewillt, sich an ein Regal zu lehnen. Augenringe. Schlafsehnsucht. Ohne Alpträume.

Sie scheint müde. Müde vom Leben. Vom Sein und vorallem vom Traurig-Sein. Doch sie lächelt. Sie grinst bis über beide Ohren. Sie lächelt die Angst weg, den Frust, den Schmerz. Und obwohl ihre Augen matt sind, glänzen sie leicht. Ob vor Tränen oder von einem Funken an Hoffnung. Sie bemerkt den Blick der Kassiererin auf ihr lasten. Lächelt sie höflich an. Wendet sich den Kindern zu, nimmt das mittlere an der Hand.

In der Pause blockiert sie ihn. Ein für alle mal. Und sie lächelt dabei. Den Schmerz weg.

NEUGEBORENE
AUFMERKSAMKEIT
UMSTÄNDE
MASSENWARE
SCHLAMM
SYMBIOSE
ROUTINE
PROZEDUR
UMBRUCHS

Zwillinge

Sie war die erste, die sich ihnen näherte.

Einsam und doch zu zweit in diesem Bettchen liegend. Umhüllt in Weiß. Und grau. Sie waren Neugeborene, zur Adoption freigegeben. Es war wenige Tage nach ihrer Geburt und es war sie gewesen, die sie am Ende dieses anstrengenden, schwierigen Prozesses zu sich nahm, um einen Neuanfang zu starten. Ihnen wurde die Aufmerksamtkeit geschenkt, die die Welt ihnen verwehrte, sie aber brauchten. Sie gab sie ihnen. Ließ sie ihnen zukommen, genau wie das erste Lächeln, dass ihnen überhaupt gewahr wurde. Die Zwillinge, sie hatten zuvor schon Gesichter gesehen. Doch keins war so vom strahlendfreudenen Glück erfüllt wie das ihre, als sie sie drehte, sie wendete, um sie in all ihrerSchönheit zu betrachten, sie nicht gezwungenermaßen, durch Umstände veranlasst, sondern gerne ansah.

Das war der Tag, an dem sie das erste Mal den Herschlag eines Menschen spürten, als sie die beiden an ihre Brust drückte, zärtlich, vorsichtig, sanft und voller Freude. Sie freute sich über ihre geringgeschätzte Anwesenheit in dieser grauenvollen Welt, sie, die als Massenware abgestempelt wurden, als einfach da, als nichts Besonderes. Als zwei unter vielen. Das war der Tag, an dem sie das erste Mal etwas erfuhren, was sie bis dato nicht kannten: Liebe.

Und es sollten noch viele folgen.

Sie ging mit ihnen auf den Spielplatz, ließ sie im kühlen Schlamm baden und ihre Gesichter der Sonne zuwenden, kümmerte sich um sie, pflegte sie, so wie sie es niemals erwartet hatten. Als sie älter wurden, ging sie mit ihnen weitere, unwegsame Pfade, ließ sie ihrem eigenen Weg folgen, ließ ihnen Freiraum. Das Äußere der beiden begann zu altern, doch ihr Inneres leuchtete wie eh und je, ja, selbst in den dunkelsten Stunden an schwarzen Tagen im Kalender. Sie war immer an ihrer Seite, und sie taten es ihr gleich, es wurde eine Symbiose, eine Bindung, stärker als sie dachten, dass es je möglich sein könnte.

Die Zwillinge, sie waren glücklich. Und sie auch.

Doch die grauen Tage, sie häuften sich, brachen wie schauerhafte Regengewitter oft über heitere Stunden herein, verdrängten die Sonne und ehe sie sich versahen, lief sie mehr, als dass sie ging. Aus der gewohnt einfühlsamen Art wurde eine ruppige Routine, bis sie sich zu einer bedeutungslosen Prozedur transformierte – und die beiden, sie verwahrlosten darin.

Bis zu dem Tag des großen Umbruchs war sie immer bei ihnen gewesen. Nun kam es häufig vor, dass sie sie des Öfteren verließ, wenn sie ausging. Einer der beiden, er wurde krank. Wenige Wochen später folgte der andere. Ein Loch hatten sie – ein Loch im Herzen, das sich größer wurde, als sie sie sahen.

Mit ihnen. Mit den neuen Findelkindern. Sie sahen ihr an, dass sie sie nicht gerne adoptierte – doch die Zwillinge waren alt. Verbraucht. Nutzlos. Sie brauchte neue. Neue Wege warteten darauf, von ihr beschritten zu werden. Ohne sie.

Manchmal besucht sie sie noch. Lächelt sie an, wie immer. Ihre ehemals weißen Sneaker mit den grünen Adidas-Streifen.

Hannes

Es war ein beschissen kalter Tag. Die Feuchte des andauernden Regens, der wie eine Sintflut unterhalb seines Dachfensters in der Regenrinne vorbeirauschte, kroch in jede noch so kleine, ungeschützte Ritze und ließ ihn schaudern. Noch mehr jedoch das Geräusch, das dabei erzeugt wurde – es erinnerte ihn an Tränenströme. Gedankenverloren und versuchend, diese wiederzufinden, obgleich er dachte, sie für immer vergraben zu haben, stand er vor der beregneten Glasscheibe und versuchte dahinter ein Bild zu erkennen. Nach kurzer Zeit schon fanden seine Augen eins. Sie. Da oben, in ihrem Zimmer.

Ihr mögt jetzt wohl alles von ihm denken, den wir im folgenden Hannes nennen wollen. Doch Hannes war kein lüsterner Spanner, der am Fenster kampierte, lechzend darauf wartend, ihre Silhouette irgendwann auftauchen zu sehen, Fotos davon zu ergattern, um sie auch des nachts begehren zu können. Ganz im Gegenteil. Hannes war Ende zwanzig, hat noch nie eine Frau mit weniger als einem Bikini gesehen, und das eine Mal, als er versehentlich seiner Schwester beim Anziehen zuschauen musste, zählt nicht. Nur eins von den oben genannten stimmt: Hannes hatte viel Zeit.

Er studierte weder noch ging er einem Job nach. Zwar verschickte er ab und an Bewerbungen, diese aber nur halbherzig und als Vorwand, um nicht in der Firma seiner Eltern anfangen zu müssen. Die waren nämlich ziemlich erfolgreich. Ein weiteres, was nicht auf Hannes zu trifft. Und das in jeglicher Hinsicht. Er war Single, arbeitslos und würde er nicht auf dem Dachboden seiner Eltern hausen, wäre er auch obdachlos. Aber er konnte ja nichts dafür, dass diese eine Freundin ihn fortwährend stalkte. Wenn er dann allein in seinem Bett lag und die Depression neben ihm, wenigstens dann kam er sich nicht so nutzlos vor. Denn sie wich ihm seit Jahren nicht mehr von der Seite und ihre Liebe war neben der tiefen Enttäuschung seiner Eltern die einzige Emotion, die er zu spüren bekam.

Heute war Hannes' Glückstag, denn genau heute, an diesem überaus ungemütlichen Tag, war auch sie in ihrem Zimmer, die katastrophisch anmutenden Regengüsse ausharrend, während er aus seinem Fenster starrte, wartend, dass ein Blitzschlag ihn von seinen Leiden erlöste. Er wusste nicht genau was es war, aber ihm gefiel es, ihr bei ihrem geschäftigen Treiben zuzusehen. Mal sang sie mit tonloser Stimme, wann anders trainierte sie oder saß an ihrem Schreibtisch und malte die schönsten Bilder, die er je gesehen hatte. Wenn das Licht richtig fiel und das Fenster offen stand, konnte er manchmal einen Blick auf ihre überfüllten Wände werfen – und da ging ihm das Herz auf.

Sie wusste nichts davon. Hannes war seit ihrem Einzug vor drei Jahren überzeugt, dass sie nicht einmal wusste, dass er existierte. Ihn machte das auch gar nichts aus. Nur als sie weg war, dass tat ihm weh. Er hatte jeden noch so kurzen Moment genossen, in dem er sie sah.

Als sie nicht mehr kam, war er tieftraurig. Und noch schlimmer war, dass er eins noch mehr war als sonst: allein.

DRECK
alwurdes
pommens

ERWARTUNGEN

Scherbenfinder

Da liegt sie nun. Einsam. Verlassen. Mit verdreckten Krusten als ihre Haut.

Als er sie aufhebt, befleckt ihr Schmutz auch seine Hand. Er stört sich nicht daran. Er ist ein Wanderer. Keiner, der die Weite suchte, eher einer, den die Ferne rief. Er ist es gewohnt. Den Dreck unter den Nägeln. Das Blut an den Fingern. Er stört sich nicht daran. Ihm gefällt das Absurde. Das Komische. All das Unerklärliche. Er sucht es. Meistens wird er fündig. Aber die Schätze, die er nachhause bringt, sie bringen ihm wenig Ruhm ein.

Andere finden per Zufall Gold. Andere stoßen auf eine Silberader. Er spielt mit dem Dreck in seinen Händen und all das, was sich unter seinem schützenden Mantel verbirgt. Auch heute. Heute ist ein guter Tag zum im Dreck spielen, wie er findet. Heute glänzt das Wasser so schön. Heute ist der Fluss leiser, heute wühlt er den schlammigen Untergrund weniger auf als sonst. Für ihn ist heute ein Glückstag.

Er war nicht mit besonders hohen Erwartungen aus dem Haus gegangen. Nur mit den üblichen Seufzern im Gehörgang und Blicken im Rücken. Er lief denselben Weg wie seit Jahren. Vorbei am Garten, den Pfad hinunter, bis zum Ufer. Dort kniete er sich auf den Boden und starrte ins Wasser. Wartete. Auf das ein besonderer Augenblick vorbeifloss und er in dem Schlamm neben seinem schon feuchtnassen Hosenbein griff, sie hochzog. Die Handvoll Dreck, die Handvoll wässriger Erde. Erst, wenn sie aufgehört hatte zu tropfen, öffnete er sie. Es sollte eine Überraschung sein, das, nach dem er instinktiv, ohne zu Wissen gegriffen hatte.

Manchmal fand er einen Krebs. Meistens aber nur einen Teil von ihm. Eine seiner Scheren zum Beispiel. Oder aus dem Schlamm kristallisierte sich ein Stück Seil heraus. Der Rest lag oft noch im Fluss oder unter der Erde begraben. Dann legte er es wieder so hin, wie er es gefunden hat. Die letzten Male hatte er immer etwas anderes entdeckt. Eine lose Bierdosenlasche, oder ein altes Feuerzeug oder dergleichen. Etwas besonderes. Etwas absurd lustiges. Etwas erheiterndes.

Als er heute seine Finger zu einer Schale

formt, ist da nichts. Und obwohl er es fühlt, sieht er es nicht. Es ist ein besonders großer Klumpen Dreck heute. Vielleicht erkennt er deswegen nichts. Vielleicht will es nicht erkannt werden, das, was da verborgen liegt. Er steht auf. Läuft nachhause.

Als er seine Hände waschen will, fällt es ihm auf. Fällt sie ihm auf. Als der Dreck, den er zuvor noch behutsam nachhause getragen hat, gluckernd im Abfluss verschwindet und das Spülbecken braun färbt, sticht sie ihm ins Auge. Die Scherbe. Schüchtern. Traurig. Blind, von all dem Schmutz. Ihre Kanten, sind scharf, und doch versucht er es. Putzt sie. Verletzt sich. Aber er ist Blut an den Händen gewohnt. Er wäscht es mitsamt dem Schlamm weg. Da liegt sie nun. Glänzend. Lächelnd.

Er beginnt sie zu schleifen. Stück für Stück. Sodass er sie immer bei sich tragen kann. Ohne sich zu verletzen. Er, der einsame Scherbenfinder. Sie, die Gefundene. Die fehlende Scherbe seines Herzens.

Irrealis

Manchmal kommt ihm das Leben scheiße ungerecht vor. Das wird ihm erst wieder bewusst, als er durch die Frontscheibe des Linienbusses den beringten Mittelfinger vor sich hat, den ihm dieser Hampelmann zeigt, höchstempört über des Busfahrers abrupte Bremsung. Hätte er es nicht getan, hätte er die Reifen des Busses keine Funken sprühen lassen, so würde der Clown jetzt unter ihnen liegen. Dann könnte er nicht wild gestikulierend seinen E-Scooter an sich reißen und davongurken – mitten auf der Hauptstraße.

Dann könnte er nicht den kompletten Verkehr mit seiner schlängelnden Fahrweise aufhalten und er würde sich nach Feierabend nichts mehr anhören müssen, von wegen er hätte den Typen übersehen und in Lebensgefahr gebracht. Wenn er das getan hätte, würde der Bushof-KFZtler die Überreste des Scooters aus dem Unterboden des Busses herausstochern müssen – und wer weiß was sonst noch.

Was er will, das zählt natürlich nicht. Denn

würde man ihn danach fragen, würde er diese autorisierten Elektrogeisterfahrer gar nicht auf die Straßen lassen. Aber da der Konjunktiv sein gesamtes Leben bestimmt, ist selbst diese Hirnzerglauberei über den Irrealis hinfällig. Denn was wäre schon, wenn er das Studium für kreatives Schreiben nicht aufgegeben hätte, er wäre jetzt ein begnadeter Autor, der seinen Lebensunterhalt mit Worten verdient.Und hätte sein Vater ihn nicht damit gedroht, ihn zu enterben, wenn er das Studium nicht unverzüglich abbrach, nur um es danach wirklich zu tun und ihn als Taugenichts zu deklarieren, würde er nun längst Lesungen geben. Durch die Welt reisen. Auf der Suchge nach der ganz großen Story.

Nun, das einzige was er in seinem Alltag schrieb, war sein Name auf die zerschlissenen 10er-Karten der Schüler. Auch heute, als er nur mit einem Auge auf die gültigen Fahrkarten schielt, das andere sich mit dem Werbeplakat auf der anderen Straßenseite abgibt. Er fährt hier jeden Tag zigmal vorbei, und jedesmal bringt es ihn erneut zum Nachdenken.

"Love and spirit is all you need." Eine billig-Kondom-Werbung. Den Zusammenhang versteht er nicht ganz, aber der Satz hat es ihm angetan. Ein Augenpaar wechselt einen Blick mit dem seinen. Er winkt sie durch, immernoch in Gedanken. Seufzend lenkt er ein und bringt den rostigen Karren zum Fahren. Sieht in den Rückspiegel. Erkennt das Mädchen von eben.

Sie sieht traurig aus. Ihre Augen stehen unter Wasser und wäre die Maske nicht, so würde er sie weinen sehen. Er seufzt ein weiteres Mal. So hat sie damals auch ausgesehen, als er ihre Beziehungspause verkündet hatte. So hat sie auch dreingeblickt, die Tränen unterdrückend. Er weiß zwar nicht, was sie da hinten umtreibt; er weiß nur, dass es ihr damals genauso gegangen sein muss. Als er sich nicht mehr gemeldet hatte. Nie mehr. Als er das nächste Mal in den Spiegel schaut, ist sie ausgestiegen. Und mit ihr die Erinnerung an seine Jugendliebe. Wenn er doch nur...

Er verbannt den Satz aus seinem Gedächtnis. War er doch nur ein billiges Was wäre, wenn.

ASCHEFLOCKEN
DAMPFARTILLERIE
EGO

Passivraucherin

Dichter Qualm steigt gen Himmel. Versucht es zumindest, wird davon getragen, hin zu den Sneakern des Mädchens, das neben der Bank steht, auf deren kalten Querstreben sie sitzt. Sie hasst Menschen. Zumindest die, die dieselben Schuhe wie sie tragen. Sie folgt mit den Augen der Zugrichtung des Rauches, den sie gerade noch stoßartig einem bis eben noch verstopften Abgasrohr gleich in die Luft blies, dieses nun ungehemmt den bläulichen Wolken Freigang gewährt – direkt in ihr ernstes Gesicht. Wie sie da so steht und versucht, den Rauch zu ignorieren, wird sie ihr immer unsympathischer. Mit einer lässigen Bewegung aus dem Handgelenk lässt sie Ascheflocken zu Boden rieseln – und haucht gewollt eine weitere Dampfartillerie zu ihr hinüber, sodass sie sich angewidert räuspert.

Sie lächelt frech. Diese Leute immer, die sich nicht trauen zu sagen, dass sie sie als asoziales Gesellschaftsmitglied ansehen, das sich die Lunge mit heißem Qualm verätzt. Sie findet deren stillen Protest mittels Hüsteln amüsant – sie fordert ihn wie eben geschehen gerne heraus. Vielleicht, weil das Rauchen für sie auch eine Art Protest ist. Gegen sich selbst und ihr früheres Ich. Heute sitzt da nur ein verletztes Ego mit Agressionsproblemen und ärgert die Kleine da drüben mit ihrem Ordner in der Hand. Sie ist schon echt anders.

Obwohl sie früher ja genauso blöd war. Brav zur Schule gegangen – sie und die weiße Ordner-Tusse müssten sogar gleich alt sein. Hätte sie vor zwei Monaten nicht die Schule geschmissen, würde sie jetzt auf dem Weg dorthin sein. Sie beneidete sie nicht dafür. Sie hasste sie deswegen. So sehr, wie sie die Schule geliebt hatte.

Sie da war sicher eine dieser null-problemo-Töchter. Nicht mit Vergangenheitsbewältigung gestraft, denn die war genauso wie ihre Gegenwart einwandfrei und ihre Zukunft strotzte sicher nur so von verheißungsvollen Erfolgserlebnissen. Seriös, ehrgeizig, zielstrebig. Einfach das komplette Gegenteil von ihr. Sie lungert jeden Morgen auf dieser beschissen kalten Bank im versüfften Bushäuschen an der Ecke und wartet mit den Schülern auf denselben Bus. Nur dass dessen Reifen sie nicht auf den Kurs des Glücks bringen – ihr Weg führt sie zu dem kleinen Shop, in dem sie jobbt, um sich den Führerschein und den Alk leisten zu können. Eine wenig gelingende Kombi. Sie hätte neulich einfach nicht nachhause fahren sollen. Aber die paar Shots waren auch schon egal gewesen. Für die Bullen war es so oder so Alk hinterm Steuer. Und dass ohne Führerschein.

Endlich fährt der Bus vor. Sie steht schwerfällig auf und – da ist sie verschwunden. Das Mädchen mit dem Ordner. Sie sieht sich um und entdeckt es. Neben ihr, in der Glasscheibe des versüfften Bushäuschens an der Ecke, auf dessen beschissen kalten Bank sie jeden Morgen sitzt und mit den anderen Schülern auf denselben Bus wartet. Sie hält einen Ordner in der Hand, liest spiegelverkehrt, dass, was auf seinem breiten Rücken geschrieben steht: Verantwortung.

Ida

So viele Kinder! Als sie die Schwimmhalle betritt, gehen ihr fast die Augen über. Ein wenig verloren steht sie da, mit ihrem Bibi&Tina-Handtuch an die bebende Kinderbrust gedrückt und – Ida, komm! Da, endlich taucht Emmi zwischen dem Wust an Halbwüchsigen auf und schneller als sie bis drei zählen kann, gesellt sie sich zu ihrer Freundin. Setzt sich auf die warme Bank und lässt die Beine baumeln.

Das Zeigerdings auf der Uhr ist bei groß vor sechs, glaubt sie, als sie ins Wasser stürzen und die Schwimmnudeln unter die Arme klemmen. Als Ida an sich hinabblickt, ist da nur gähnende Tiefe unter ihren kleinen Füßen. Panik überkommt sie, sie ist ja im tiefen Becken und wenn die Nudel sie nicht hält, ja, was wenn... ihr Lächeln beschwichtigt sie, Ruhe zu bewahren. Mit Mühe gelingt es der Betreuerin, sie von sich los zu machen und greift ihr schneller unter die Arme, als Ida ihren Namen rufen kann. Irgendwas mit L war es, Lina oder Lena oder so. Mit ihr lernt Ida das Schwimmen und das kann sie schon beinahe ganz gut, mmh! Die anderen tümpeln immer noch in dem kleinen Nichtschwimmerbereich da vorne rum, aber sie, sie ist schon im Tiefen!

Blöd nur, dass sie immernoch diese dämliche Nudel da braucht. Emmi kann schon ganz alleine schwimmen. Wie unfair das ist! Aber das Wasser hier ist auch echt tief, ist doch klar, dass man da Angst hat! Zum Glück ist dieses Mädchen immer bei ihr, ihren Namen hat sie schon wieder vergessen. Oder war es doch Juna? Sie ist es auch, die jeden Freitag mit ihr und Emmi in der Umkleide steht, wenn alle anderen schon gegangen sind und sie alleine, mit triefenden Haaren auf den Holzbänken sitzen und sich anziehen. Und wie lang das immer dauert wegen den doofen Klamotten! Die werden immer ganz nass und das Handtuch passt auch nie, nieeemals in Idas kleine MyLittlePony-Tasche. Mama sollte ihr einfach eine größere mitgeben. Aber dafür müsste sie erst einmal aus dem Bett kommen.

Wenn sie dann mit ihrer Tasche kämpft, hilft sie ihr, und bei ihr schaut das auch viel leichter aus. Sie selbst zieht sich immer ganz schnell an, hat oft noch selbst klitschnasse Haare, aber föhnt Ida und Emmi abwechselnd. Sie streicht ihnen die Haare aus dem Gesicht, bindet ihnen Zöpfe und redet mit ihnen und lacht, obwohl sie nach dem Schwimmkurs immer so traurig aussieht. Bestimmt, weil die anderen schwimmen dürfen und sie nicht, denkt Ida. Die anderen Betreuer haben danach nämlich noch Unterricht, das hat das Mädchen ihnen schon einmal gesagt.

Manchmal ist sie froh, dass das liebe Mädchen nicht schwimmt, weil sonst müsste Ida sich immer selbst die Haare machen. Und die sind immer so verzwirbelt und verwurschelt und glitschig. Selbst Papa kann das nicht so gut wie sie. Obwohl der, seit er nicht mehr daheim wohnt, ihr eh nicht mehr die Haare macht. Das Mädchen hat beim letzten Mal zu ihr gesagt, dass das ganz normal ist. Dass man sich gern hat und irgendwann nicht mehr. Ida weiß nicht, ob sie recht hat. Aber sie meinte, dass das manchmal eben so ist.

Mama ist bestimmt deswegen so müde.

Alter Angst
Alptraum SCHAM Gäste
Bier   Haut

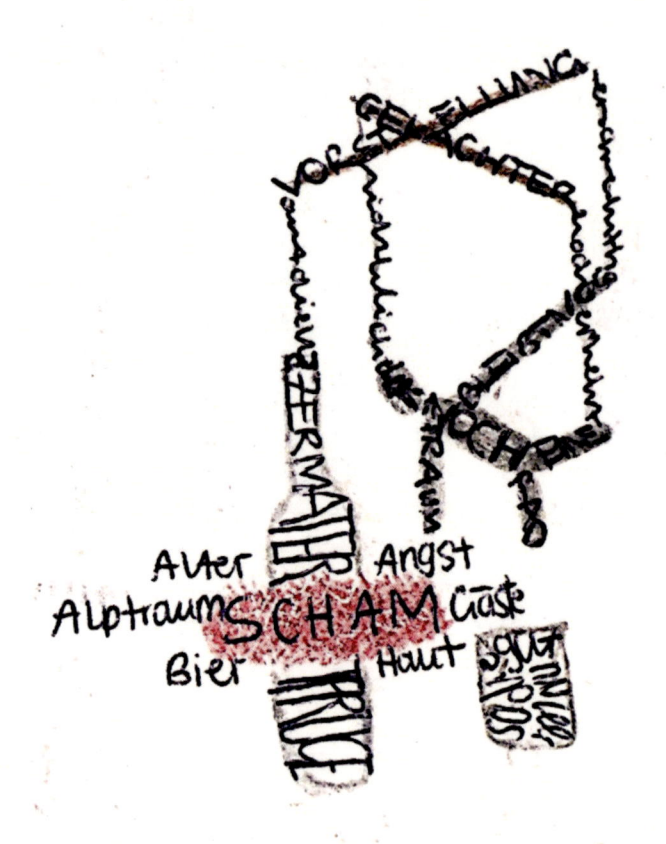

Methyphobie

Gelächter ist zu hören. Stimmen, deren lallenden Tonlagen auf und nieder gehen, wie der Wellengang eines Schiffes. Er selbst, auf dieser Nussschale sitzend, mit nach hinten gebundenen Armen an dem Mast gefesselt – sein Ich von außen sich zusehend, wie sie seinen Körper zwangen, das Glas auszutrinken.

Er schreckt hoch. Schweigebadet. Atmet wenige Male tief ein. Hält die Luft an, bis ihm schwindelig wird und vergewissert sich dadurch, dass es nur ein Traum war. Er erhebt sich, blickt auf die Uhr. 23.36. Er holt sich ein Glas Wasser und kippt es auf Ex runter. In seinem Traum war es mit Vodka gefüllt gewesen.

Allein die Vorstellung lässt ihn erschaudern. Er bleibt noch eine Weile auf der noch feuchten Bettdecke sitzen, bevor er sich hinlegt und nach dem Handy greift. Ihr schreibt. Sofort eine Antwort. Ihr geht es gut, ein paar Freunde sind noch da. Es geht ihr gut. Das versucht er sich in sein Hirn zu prügeln, zermartert von der Angst, das Gegeteil könnte der Fall sein. Es geht ihr gut.

Ihm geht es gut. Es war nur ein Traum.

Der Fußballplatz ist noch leer, als er sein Rad an der Ecke abstellt. Bald schon werden die närrischen Fans hier aufkreuzen – wenn seine Mannschaft gewinnt, so werden die Jungs sich sicher einer Schampusdusche unterziehen. Er stellt die Bierkästen bereit. Eigentlich ziert ihn dabei nicht mehr Gänsehaut die Arme. Heute schon. Bestimmt wegen dem Alptraum gestern. Bestimmt, weil er noch die halbe Nacht wachgelegen ist und sich gefragt hat, wie er den heutigen Nachmittag über die Bühne bringen soll.

Er als Trainer ist regelrecht gezwungen mitzufeiern. Eine Strategie, diese Feierwut zu überleben, hat er sich längst zurechtgelegt. Die gleiche, die schon seit Jahrzehnten glückt. So tun, als ob, um es nicht tun zu müssen. Er räuspert sich lautstark und zieht damit ihre Aufmerksamkeit auf sich. Er winkt ihr zu, lächelt. Sie wechseln ein paar wenige Worte, bevor sie sich wieder den Unterlagen vor sich widmet. Sie hat geweint. Er sieht es ihr an, obwohl sie doch eine kleine Entfernung voneinander trennt. Er weiß es, weil er es kennt. Elfte Klasse ist sie nun. Er war in ihrem Alter, als die Scheiße angefangen hat. Siebzehn. In ihrem Alter geht man feiern.

Besäuft man sich, kotzt und trinkt weiter. Er hat keine einzige solcher Nächte miterlebt, bis Mitte zwanzig nicht. Zu groß die Angst. Die Angst vor dem Alkohol. Zu groß die Scham, vor den Kumpels zuzugeben, noch nie ein Bier getrunken zu haben. Einzugestehen, dass ihn der Alkohol anekelt.

Letztes Jahr hat er es gegoogelt. Zu seiner Jugendzeit nicht möglich, heute ein Kinderspiel. Laut Doktor Google eine Methyphobie. Panische Angst vor dem Alkoholkonsum und dessen Folgen. Er vertraut wenig auf das Internet. Aber in diesem Punkt muss er ihm recht geben. Alle Symptome treffen zu. Naja.

Als er die Bälle aus der Kammer holt, ist sie verschwunden. Sie wohnt noch nicht lange hier. Und doch weiß er, wie jemand aussieht, der Angst hat. Er hat es ihr angesehen. Ihre Augen – sie spiegelten sie wider.

Prolog am Ende

Mama, warum bin ich anders?

Lass sie reden. Lass sie lachen. Es ist okay, anders zu sein.

Papa, warum bin ich anders?

Weil wir alle anders sind.

Was soll ich schon sagen? Ich bin an dieses Projekt mit einer Frage herangegangen, deren Antwort ich nie gefunden habe. Man wird herumgestoßen, weil man anstatt Ecken und Kanten eine Kugel ist. Man wird niedergedrückt, ob vom Dreckstiefel des Lebens oder von der Hand der Gesellschaft – und da liegt man nun und weiß nicht, ob man es schafft. Das Aufrappeln, das Staubabklopfen, dem KopfgenHimmelSyndrom ein weiteres mal Platz im Herzen zu bieten. Man wird schief angesehen, wenn die Blickrichtung nicht schnurstracksgerade verläuft – man wird ausgelacht, wenn man Dinge tut, die man ernst meint. Wer bin ich schon, dass ich behaupten kann, ich sei anders, in diesem Gefüge an Leben und Schicksalen, an der Fülle an Träumen und Misserfolgen? Ich möchte nicht sagen, ich wäre ein Niemand, und doch bin ich kein richtiger Jemand.

Siebzehn Jahre, siebzehn Geschichten. Und doch bin ich so dumm wie zuvor, am Anfang, als ich dachte, ich würde erkennen, wer ich sei. Wer dieser eine ist, der immer außerhalb der Menge steht – ob gewollt oder gezwungenermaßen. Ich möchte nicht sagen, das Projekt sei gescheitert. Ich habe zwar nicht die Antwort auf meine Frage gefunden. Aber hey, vielleicht ist das eine dieser existentiell wichtigen Fragen des Lebens, die von einem Durchschnittshirn nicht beantwortet werden können. Es ist okay, nichts zu wissen. Und manchmal ist es doch auch besser. Immerhin kann ich sie mir jetzt immer wieder stellen.

Wenn ich morgens auf den arschkalten Querstreben der Bank des versüfften Bushäuschen sitze. Wenn mich die Sohlen meiner kaputten Sneaker anlächeln, die niemand trägt, weil sie nicht im Trend sind. Wenn ich nachts wachliege und Angst habe vor der nächsten Feier mit Bierausschank. Wenn ich die Kinder frisiere und sie mich fragen, warum ich ihre nassen Haare nicht ignoriere wie die anderen.

Ich habe es mich gefragt, als das Blaulicht den Hof durchflutete. Als ich aus dem Fenster zum Nachbarhaus schielte. Als ich meinen Mitmenschen mit einem schmerzerfüllten, schäbigen Lächeln ein selbiges abgewinnen zu versuchte, der Kassiererin, der alten Nachbarin und dem Busfahrer. Ich habe es mich gefragt, als ich mich in Grund und Boden schämte – und werde es mich immer fragen, wenn ich die alten Babyfotos anschauen werde.

Ich bin nicht anders. Ich bin nur Platzhalter all jener, die es sind. All jener, die Angst haben. Die am Rande des Durcheinanders der anderen stehen, um anders zu sein. Ich, stellvertretend für all die außerwählten Außenseiter. Mit einem naiven Grinsen auf den Lippen – um Gefühle zu überspielen, die an den Mündern der anderen abprallen, deren Sprache nicht die Worte sind. Nennt mich zu stolz, egoistisch oder gar hochmütig. Doch ich bin nicht anders wie ihr. Siehe oben warum.

Das Projekt, kein Ende der Fragen. Nur der Anfang des Verstehen der nicht existenten Antworten.

Luna Winkler

„love and spirit is all you need." Hi, ich bin Luna ;) Ich bin 17 Jahre alt und schreibe für mein Leben gern, schon mein Leben lang! Angefangen in der 2.Klasse war das Geschichten schreiben meine erste große Leidenschaft und das gilt neben Musik und Sport bis heute. Im Alter von 13 Jahren habe ich mit meinem Erstlingswerk begonnen, der Roman „Recruited" wurde im Dezember 2020 veröffentlicht. Mein Ziel: zurückgeben, was mir die Bücher jahrelang gegeben haben. Inspiration. Und was ist schon inspirierender als Worte?

Luna Winkler schreibt auf
www.story.one

schreib's auf
story.one

Faszination Buch neu erfunden

Viele Menschen hegen den geheimen Wunsch, einmal ihr eigenes Buch zu veröffentlichen. Bisher konnten sich nur wenige Auserwählte diesen Traum erfüllen. Gerade mal 1 Million Autoren gibt es heute – das sind nur 0,0013% der Weltbevölkerung.

Wie publiziert man ein eigenes story.one Buch? Alles, was benötigt wird, ist ein (kostenloser) Account auf story.one. Ein Buch besteht aus zumindest 12 Geschichten, die auf story.one veröffentlicht und dann mit wenigen Clicks angeordnet werden. Und durch eine individuelle ISBN kann jedes Buch dann weltweit bestellt werden.

Jede lange Reise beginnt mit dem ersten Schritt – und dein Buch mit einer ersten Story.

Wo aus Geschichten Bücher werden.

#storyone #livetotell